Nella Pancia Dello Squalo

Gianmarco Mannara

Alla mia famiglia

E a chi mi sopporta sempre

I

Gli dicevo che era bella, anche se non lo pensavo veramente, anche se sapevo che non mi interessava; era un po' la mia maledizione. Penso sul serio che tutte le ragazze abbiano qualcosa di indimenticabile: un sorriso, una curva, uno sguardo. Sono veramente delle creature affascinanti, gli dedicherei la vita. Eppure come sempre; la mattina dopo mi svegliavo con il dopo sbronza accanto ad una di loro, e capivo che poi alla fine non ero così disponibile come credevo. Lei se ne va, ed io rimpiangevo un'altra occasione sprecata. Capii questa cosa troppo tardi per cercare di essere diverso con Sofia; solo digitare il suo nome mi fa ricordare il suo primo giorno di lavoro. Io ero il suo tutor e la prima cosa che gli dissi fu: - Credo che prenderai un sacco di mance con quel viso -. Fu la prima volta che la vidi arrossire. Era incredibile; una principessa con la divisa da cameriera e i capelli raccolti in una coda dorata che scopriva il viso più bello del mondo. Dopo qualche sorriso e man mano che i giorni passavano la sua timidezza scomparì come le mie inibizioni nei suoi confronti. Quel lavoro in hotel si stava rivelando la cosa più bella della mia vita.

Le pause sigaretta non ci bastavano più; allora ci facemmo mettere i turni insieme; ma dopo un po' non bastarono neanche quelli: dovevamo metterci insieme.

Una sera l'intero albergo fu affittato per un matrimonio. Io ero incaricato di sistemare la statua di ghiaccio dei novelli sposi al centro della sala cerimonie. La statua rappresentava due innamorati mentre si baciavano, ed io ebbi la brillante idea di intagliare sul fondoschiena della ragazza: "Hai un culo molto più bello di questa qui; ci mettiamo insieme?".

Ma Sofia quel giorno non venne al lavoro, ed io venni licenziato la sera stessa appena il direttore notò quella piccola confessione d'amore. La vita è quella puttana che prima ti porta a letto, e poi ti fa prendere a pugni dal suo protettore quando scopri che non hai i soldi.

Prima di andarmene da quel posto di merda mi fumai una sigaretta nel parcheggio.

- Me ne daresti una? – Chiese una ragazza con un lungo abito da sera rosso; qualche minuto dopo lo stavamo facendo in macchina.

Ma tornando al discorso di prima: non fu quella sveltina a farmi disilludere del fatto di poter migliorare con Sofia. Quello che mi fece preoccupare era che mentre mi divertivo con la damigella d'onore sul sedile davanti della mia auto, quest'ultima cominciò a scendere lungo la collinetta che portava alla sala cerimonie. Mi feci prendere dal panico mentre la macchina acquistava sempre più velocità; ed invece di premere il freno a mano (Che era ampiamente alla mia portata) strinsi più forte la ragazza. Finimmo con lo sfondare la finestra panoramica della sala. Ancora ricordo la sposa a bocca aperta mentre cercavo di togliermi dei pezzi di torta dalle mutande.

Vivendo in una piccola città di provincia, quella storia finì subito sulla bocca di tutti. In poco tempo diventai una barzelletta e l'unica cosa positiva di tutto ciò erano le birre che mi offrivano quando entravo nei bar. Ma le birre non pagavano le rette universitarie (Almeno la metà visto che il resto la pagavano i miei); per l'imbarazzo evitai di scrivere a Sofia, e lei fece lo stesso. Ma ero convinto che avesse altre motivazioni.
- Sbaglio o a te non piaceva ballare? – Le dissi incontrandola in una discoteca romana, mentre ordinava da bere al bancone.
Lei si fece una risata e poi disse sotto i baffi: - Non me lo ricordare… ma è il compleanno di una amica –
- Come va l'hotel in mia assenza? –
- Diciamo che le pause sigaretta sono più corte… -
Uscimmo fuori a fumare; uscimmo anche la sera dopo; quella dopo ancora… ci mettemmo insieme. Sembrava che tutto quello che avevo vissuto fino a quel momento doveva portare lì. A lei; al sesso in auto, l'appartamento in affitto, la ricerca di un nuovo lavoro. Tutto sembrava aver trovato un posto nel puzzle della mia vita; e non è che i pezzi si posizionarono da soli, serviva la mano di una donna. Di Sofia. Perché se c'è una cosa che le ragazze sanno fare bene e prendere tutte le linee storte della tua vita e farle diventare un capolavoro. Il problema è che si rivelò un quadro di arte moderna… Stavamo insieme da più di un anno quando decisi di lasciare l'università. Quando lo dissi ai miei genitori: mamma si mise a piangere; papà con la sua solita ironia disse: - Almeno risparmierò i soldi della retta… –
Non avevo rimpianti, almeno in quel momento. Ci servivano soldi e non potevo più fare il cameriere a chiamata. Per la prima volta in

tutta la mia vita stavo facendo a pugni con il mondo reale, e anche se stava vincendo lui avevo il sorriso di Sofia come premio di consolazione.

Ma quando il suo stipendio e le briciole che riuscivo a guadagnare io non riuscivano più a coprire le spese quotidiane… lì iniziarono i problemi. Litigate, alcune volte scoppiate dal nervosismo di avere la pancia vuota; sesso sciapo, meccanico; fatto solo per alleggerire la pressione e per dare alla nostra relazione un senso di normalità. Quando in realtà l'unica cosa che ci faceva sentire vivi era rubare il cibo nei supermercati.

Facemmo anche una classifica su una lavagnetta sopra il frigo: "Le nostre peggiori litigate". Non so se servisse di più come gioco o come argomento di cui parlare, visto che più andavamo avanti e più tutte le nostre chiacchierate andavano a finire sulle solite discussioni.

Man mano che passavano i giorni vedevo Sofia sempre più soffocata da quella situazione, ed io ero sempre più frustrato dal fatto di non poter far niente per impedirlo. Non era facile trovare lavoro e non era altrettanto facile mantenere un sorriso costante mentre tutto intorno stava andando a puttane.

Entrambi arrivammo al limite, ma io lo capii dopo di lei. Più precisamente quando durante una litigata in cucina le prese un coltello e me lo ficcò nella spalla. E mentre ero steso a terra pronto a morire dissanguato, lei andò a scrivere sulla lavagna: "Quella volta che ti ho accoltellato".

La famiglia serve solo a farti capire quello che non vuoi diventare.

JJ

Non è che odiassi il Natale, bensì odiavo il fatto che dovessi
trascorrerlo con la mia famiglia; salvo mamma, papà e mia sorella.
Cosi come ogni anno mi ritrovai seduto a tavola con della gente che
si odiava, che serbava rancore per cose successe dieci anni fa e che
non vedeva l'ora di giocare a Bestia per alzare qualche euro; cosa che
puntualmente finiva con una litigata dovuta alla frustrazione di star
perdendo venti euro. Il tutto condito dalla splendida location
medioborghese con cui era arredata la casa dei miei zii.
Mi sedetti al tavolo con mia cugina Maria Luisa. Con lei ho sempre
avuto un bel rapporto, e a dirla tutto era anche strano; visto che una
stronza come lei non l'avrei mai frequentata all'infuori della famiglia.
Però bisognava accontentarsi di quello che passava in convento ed
ero disposto a tutto pur di sopravvivere in quella gabbia di matti in
cui mi ero ritrovato.
Come al solito io e MariLu finito il pranzo scappavamo nella sua
camera da letto, un buon modo per sfuggire all'imminente litigata che
si sarebbe scatenata da lì a poche mani di carte; mia sorella invece
sfuggiva a tutto quello mettendosi un paio di cuffie.
Fui sorpreso di rivedere quella camera, l'ultima volta che la vidi era
piena di poster di cantanti e di foto di mia cugina con le amiche;
messe per coprire le altrimenti bianche mura della stanza. Ora invece
le foto e i poster erano stati sostituiti da uno spesso strato di vernice
Bordeaux.
- Successo qualcosa? –
- Mi ero stufata di vedere quelle facce – Rispose con tono divertito,
ma allo stesso tempo con una leggera punta di amarezza. Ormai
anche lei stava entrando in quel mondo, e per quanto vogliamo che
ciò non accada mai; esso succede, non lo puoi evitare.
Ricordo con tenerezza le chiacchierate sul sesso e i primi consigli che
gli diedi sui ragazzi.
- Sai Maria Luì… i ragazzi sono tutti stupidi, vorrei dirti che alcuni si
salvano, ma non è così. Ti diranno e faranno, cose carine per te. Però
poi sei tu che dovrai capire per quale motivo lo staranno facendo –
Insomma, lei era in piena adolescenza ed io avevo un po' di
esperienza in più che condivisi volentieri per evitare di farla soffrire

più del dovuto.

Invece quel giorno di Natale ci limitammo a parlare dei nostri ex; anche se viste le circostanze nessuno dei due voleva poi così tanto approfondire l'argomento. Lei era stata tradita, la mia storia la conoscete, e anche se dicevo di averla superata era ancora una ferita aperta (Come quella sulla mia spalla). Era passato un mese dopotutto dalla mia relazione più importante, non che ne avessi avute poi così tante.

- Dopo le feste che farai? –

- Penso che starò un po' dai miei, non che abbia molta altra scelta-
Maria Luisa si fece una risata, e questo coprì le urla che iniziarono a sentirsi dalla sala.

Quando si calmarono le acque uscì di corsa sul balcone per fumarmi una sigaretta. "Me la sono meritata "pensai mentre aprivo la porta finestra della cucina. Sul posto mi precedette mio zio Paolo; il tempo di accendermi la sigaretta che annusai l'aria rarefatta del balcone.

- Zio, non è una sigaretta vero? –

- Secondo te sopravvivevo trenta anni con quella rompi coglioni di tua zia se fumavo le sigarette? –

Ci mettemmo a ridere. – Questa volta perché ha litigato con zio Mauro? –

- Perché sono due stupidi, non di meno sono fratelli –

La conversazione finì lì, non avevamo altre cose da dirci. Zio Paolo era molto taciturno, alla fine era uscito dallo stesso buco da dove era uscita mia madre.

Stavo per rientrare quando mio zio mi prese la spalla. – Se ti do venti euro, potresti andare a comprarmela dell'altra? Il mio spacciatore sta traslocando e al momento non può fare il solito giro, ti dispiace? –

Zio Paolo era uno dei pochi in quella famiglia che mi stava simpatico, quindi perché no? Appena accettai mio zio tirò fuori dalla giacca a quadri una banconota da cinquanta.

- Mi sei sempre piaciuto sai? Almeno tu non giochi a carte -

La droga aiuta a farci dimenticare che siamo umani.

JJJ

Vidi Roma dai finestrini dell'autobus diventare sempre più grigia e coronata di alti palazzoni grigi; i monumenti, i vecchi palazzi al centro città dove le signore anziane stendevano il bucato, avevano lasciato il posto a parchi giochi con le giostre rotte e a dei veri e propri container spacciati per case popolari. Il pusher di mio zio viveva proprio in uno di quei blocchi. Scesi dall'autobus e raggiunsi a piedi un container che si vedeva in lontananza, con la paura di essere rapinato da ogni persona che incrociavo.

Quando entrai nell'atrio del palazzo fui pervaso da un forte odore di piscio, tirai fuori un pezzo di carta dove mio zio aveva scritto l'indirizzo e il piano a cui dovevo andare. Salendo le scale (Visto che l'ascensore era rotto) incrociai un ragazzo su per giù della mia stessa età. Con i capelli rasati che mettevano in risalto i suoi freddi occhi azzurri. Parlava una lingua dell'est ad un vecchio 3310, e dal tono sembrava molto arrabbiato; a tal punto che alla fine della conversazione lanciò il telefono contro un muro.

Arrivato davanti alla porta dello spacciatore ringraziai Dio di essere ancora vivo, perlomeno fino ad allora. Bussai due volte, e nessuno venne ad aprire.

- Dio non saresti così gentile da farmi un altro favore? –

La porta si aprì.

- Poi non ti lamentare se bestemmio… -

Il tipo che aprì il portone era un asiatico con un bel pancione che gli regalava un non so che di natalizio, se no fosse per la scritta "ACAB" tatuata sullo zigomo.

- Come fai a conoscere mio zio? –

Il tizio non mi rispose, e si limitò a indicarmi il divano. Mentre mi sedevo il cinese varcò una porta dietro ad un tavolo su cui troneggiava una grossa montagna d'erba e alcune bustine di plastica. La stanza aveva le finestre chiuse e l'unica luce che entrava era quella che filtrava dalle tapparelle abbassate, abbassate il più possibile.

Dopo qualche minuto, il tipo di prima uscì da dove era entrato e disse – Luca vuole vederti – con un accento romano sorprendente per la sua etnia.

Luca era ancora più grasso del cinese, seduto dietro piccola scrivania piena di fogli messi alla rinfusa. Ì

Portava dei lunghi capelli grigi che facevano sembrare la sua kilometrica barba della peluria adolescenziale. – Sei il nipote di Paolo giusto? - e senza aspettare la mia risposta disse – Scusa per il caos, ma stiamo traslocando, in più uno dei miei ragazzi si è licenziato e ha fatto un po' di bordello –

- Il tipo rasato? –

Luca annuì e mi tirò addosso una bustina di erba. Appena la presi mi sentii sollevato, lavoro compiuto, potevo finalmente andarmene. E poi mi assalì la tristezza: andare dove? Di nuovo nella casa dei miei? A farmi dire continuamente dai loro sguardi che ero un fallimento?

- Non è che assumi? –

- Non hai la faccia da spacciatore –

- Non è un punto a mio vantaggio? –

Luca si fece una risata e incominciò a farmi le solite domande sul perché volevo quel lavoro e quali fossero le mie effettive qualità e motivazioni; avrei voluto dire che ero stufo di essere considerato una barzelletta e mi serviva qualcosa per distarmi dal fatto che la mia ragazza mi aveva lasciato e che per una volta nella mia vita volevo portare a termine qualcosa, visto che con il lavoro al giornale e l'università avevo fatto un buco nell'acqua. Ma gli rifilai la solita pappardella inventata in cui dicevo che ero molto affidabile e via dicendo.

Alla fine fui assunto e Luca mi diede subito gli attrezzi del mestiere: un 3310; e mi spiegò tutte le regole della ditta.

Tralasciando le cose scontate come: "Se ti becca la polizia tu non mi conosci", le regole erano abbastanza semplici: non potevo rispondere ai messaggi dei clienti; sarebbero stati loro e solo loro a darmi il luogo e l'ora dove incontrarsi. Poi non potevo vendere più di una bustina a cliente nell'arco della stessa giornata; e cosa più importante: non potevo intascarmi i soldi, avrei ricevuto una quota a settimana in base alle mie vendite.

Non mi sembrava il caso fare incazzare il mio datore di lavoro il primo giorno, perciò gli dissi che era tutto chiaro e che non avrei creato problemi, (Presupposti che tradii il giorno seguente).

- Perfetto, cominci domani –

Possiamo essere ciò che vogliamo, ma poi bisogna avere il fegato di accertarne le conseguenze.

IV

- Come cazzo ti sei vestito? – Chiese Luca appena vide la camicia blu che rubai a mio padre.
- Era per fare bella impressione... -
- Devi vendere droga non assicurazioni! – Disse lanciandomi una borsa contenente dieci bustine d'erba.
– Vedi di non farti beccare il primo giorno –
Appena uscii dal suo "Ufficio" il cinese mi guardò cercando di nascondere il suo sorriso dietro la mano. A volte penso che essere un coglione sia una vera e propria arte, un talento nativo.
In metropolitana cercai in tutti i modi di evitare gli sguardi delle persone; la paura che qualcuno mi scoprisse era tale che feci finta di fare una telefonata con un imaginario capo redazione di un immaginario giornale romano.
La prima consegna era a Villa Borghese; il contatto mi scrisse che sarebbe passato a correre vicino al laghetto centrale, e che io mi sarei dovuto far trovare seduto su una panchina lì vicino.
Dieci minuti dopo essermi accomodato una ragazza sulla ventina (Se non qualcosa di più) si fermò davanti a me e disse: - Sei tu? –
- Io?
- Sei tu? – Sistemandosi i leggings neri che si erano intrecciati sulle caviglie.
- Probabilmente –
- Sei lo spacciatore!? – Disse frustrata.
- Ah si si, potevi dirlo subito – Regola di Luca: mai ammettere che sei un pusher.
- Che ne so? Sembri più un impiegato delle poste con quella camicia
–
- Ma cosa avete tutti con questa camicia? –
La ragazza tirò fuori dal marsupio i venti euro per l'acquisto; - Cos'è il primo giorno? – Domandò divertita, sistemandosi poi la lunga coda bionda.
- Si vede tanto? – Domandai quasi imbarazzato, porgendo la busta chiusa in pugno fino al suo palmo.
- Almeno ci stai bene –
- Grazie, anche tu non scherzi – Regola di Luca: non prenderti troppa

confidenza con i clienti.

Quel giorno avevo tanti appuntamenti quante bustine nella mia borsa, tutti organizzati da Luca. Per lo più uomini a cui attribuiresti l'etichetta: "Tossico", ma in fin dei conti tranquilla.

Il mio ultimo cliente della giornata mi disse di aspettarlo su un vagone della metropolitana, più precisamente su quello di testa, domandandomi poi come fossi vestito.

Eseguii i suoi ordini, completamente assorto dai miei pensieri non notai che alla fermata di Lepanto si sedette accanto a me una ragazza; di cui notai le incredibili gambe lunghe. Seguii con gli occhi la forma del suo corpo, che ad ogni centimetro diventava sempre più bello e stranamente familiare.

- Vittorio? - Chiese con una faccia divertita una delle ragazze più belle del mondo.

- Anastasia? -

Anastasia fu l'unica ragazza, da quando iniziai ad interessarmi del genere femminile, che trattai come una principessa per tutto il tempo che ci frequentammo. Era una persona splendida, che ha sempre trovato il modo di farmi sorridere anche nelle giornate più brutte; senza mai darmela, forse era per questo che lei fu una delle poche ragazze che passò nella mia vita e non se ne andò la mattina seguente. E per tutto il tempo che pernottò nella mia stanza non fu mai spaventata dal panorama, ma anzi: puliva le finestre per vedere meglio. Era la mia migliore amica, e più si accumulavano i giorni passati insieme e più mi rendevo conto che ormai non avrei mai più vivere senza; era unica, non c'erano altre parole per descriverla Purtroppo, dopo le superiori le strade si divisero, lei doveva fare la modella ed io... beh io mi limitavo a sopravvivere.

- Cosa ci fai qui? -

- Sto andando a lavorare, tu stai facendo una visita turistica? - Ancora non aveva perso quel suo strano (Ma efficacie) senso dell'umorismo.

- Lavoro -

- Aspetta, sei il tipo della droga? -

- Chiamato anche "Spacciatore". Certo -

Durante la transazione riaffiorarono i ricordi, le cazzate fatte insieme e il nostro unico bacio. Rubato lo stesso giorno in cui presi la patente. Decidemmo di vederci per berci una cosa. Regola di Luca: mai uscire con le clienti femmina-

Appena nati cerchiamo di uscire da un paio di gambe, poi passiamo il resto della nostra vita a fare il contrario.

V

Passai la giornata con uno stupido sorriso tra i denti, a cui i miei
clienti non erano per niente abituati. Ma poco importava, quella sera
avrei visto Anastasia dopo tanto tempo e i miei unici pensieri
andarono a lei, quella sera, e la speranza che tutto sarebbe andato
come immaginavo.
- Perché? Che intenzioni hai scusa? – Chiese con disappunto Maria
Luisa davanti ad un caffè macchiato di un bar di Piazza di Spagna.
- Magari non è più fidanzata...- Dissi sognante.
- Tu sei ossessionato da quella ragazza, e solo perché non sei mai
riuscito a portatela a letto –
- Ti sbagli - La frase non poteva continuare, non perché mi
vergognassi dei miei sentimenti per Anastasia; ma odiavo le eventuali
risposte che avrebbe potuto dare mia cugina. Le due non si
sopportavano, anche se non si erano mai viste; Maria Luisa diceva
che si approfittava di me, del mio buon cuore. Solo perché Anastasia
fu la prima ragazza a cui feci dei regali, a cui offrii da bere (Non
avevo ancora i soldi per le cene) e la prima a cui feci dei veri e propri
gesti romantici; anche se lei ignorava quei segnali... ma vederla
sorridere era lo stesso un degno ricompensamento. Poi era fidanzata,
e a quei tempi mi convinsi che mi bastava vederla felice. E lì ad
ignorare ero io; ci poteva essere di tutto tra un uomo e una donna;
amore, odio, rabbia, sesso... ma non amicizia.
- Comunque non sai se è tornata single o meno; io non canterei
vittoria –
Maria Luisa, per quanto mi costava ammetterlo aveva ragione; questo
poiché nutrivo sempre il dubbio che lei avesse ragione anche su altro.
- Lo scopriremo solo vivendo – Dissi con sorriso mentre mi
accendevo una sigaretta.
Dopo Maria Luisa mi diressi direttamente al ristorante dove mi aveva
dato appuntamento Anastasia. Non vedevo l'ora di vedere i suoi
capelli biondi, il suo visetto tra l'ingenuità e la completa certezza di
essere una ragazza bellissima; in più fantasticavo su quale vestito
avrebbe indossato, sognando di strapparglielo qualche ora dopo.
Contemporaneamente a tutte le stronzate che mi passavano per la
testa incominciai a pensare che forse il mio maglioncino ocra non era

all'altezza dell'occasione. E in più una doccia non avrebbe
sicuramente guastato visto che stetti tutto il giorno a Roma per
consegnare la merce.
Prima di scendere dall'auto controllai meticolosamente se puzzassi o
meno.
- Forza scendi! – Disse una voce femmine dopo aver battuto sul
finestrino dell'auto di mia madre, presa in prestito per l'occasione.
Pregavo che Anastasia non mi avesse visto mentre mi annusavo le
ascelle.
Scesi dalla macchina; e tutte le mie fantasie sfumarono dopo aver
visto i suoi jeans, la maglia larga, perfetta per la casa ma non per
uscire. E per la prima volta in tutta la mia vita vidi Anastasia senza
trucco.
"Se era interessata non si sarebbe vestita così" pensai mentre dissi: -
Vestita così mi farai sfigurare –
- Non è che ti sei vestito tanto meglio di me eh –
Mi facevo troppi film, alla fine fu una serata bellissima; la prima dopo
Sofia. Parlammo ininterrottamente dall'antipasto al dolce; cullati
dall'atmosfera familiare che si respirava in quel ristorante a metà tra
una trattoria ed una pizzeria.
Andava tutto così bene che il karma mi punì facendomi notare la
macchia di sugo sulla maglietta di lei.
- Tranquillo, tanto la maglia è di Alberto - Cercai di non far trasparire
l'amarezza che mi stava salendo, almeno mentre lei rideva.
Quel nome, quel ragazzo; lo stesso ragazzo che me la portò via un
paio di anni fa: ancora reggeva. Alberto era un modello, e già per
questo era difficile competere con lui; poi era pieno di soldi, la
trattava bene. Perché non sarebbe dovuta durare? Ormai avevo perso
il treno, e nel mio masochismo continuavo a stare sui binari per farmi
travolgere tutte le volte che passa.
Mi sembrava un dejà vu: era inutile dirle qualcosa a riguardo, potevo
solamente limitarmi a fare l'amico.
D'un tratto si avvicinò a lei un ragazzo con una camicia azzurrina e i
capelli chiari tutti tirati dietro. – L'erba era ottima – Disse
salutandola, lei sorrise ed indicò me.
Si prese il numero prima di andarsene.
- Non ti facevo uno spacciatore, sai? Sei un coglione, un bravissimo
scrittore ed uno stronzo; ma non uno spacciatore –
- Purtroppo essere un bravo scrittore non paga le bollette, comunque

grazie: sei l'unica a pensarlo. Poi è da un po' che non faccio lo stronzo –

- Quindi non stai facendo sesso ultimamente? – Ci mettemmo a ridere.

Dopo Sofia non vidi più nessuna, continuavo a pensare di non voler far di nuovo un passo indietro. Anche se con Sofia era andata male; la vedevo come una sorta di preparazione ad una ragazza futura, all'amore della mia vita. E se non sarebbe stata neanche la successiva, sarebbe stata quella dopo. E così via.

Mi stavo convincendo che non sarebbe stata più Anastasia, ma almeno non ci volle un anno per scoprirlo.

Mentiamo per non fare stare male gli altri, ma anche questa è una bugia. Mentiamo per sentirci meno peggio.

VI

Il lavoro ingranava e la droga incominciava finalmente a pagare, ogni fine settimana entravo nel nuovo ufficio di Luca sapendo che la mia busta paga diventava sempre più pesante. Incominciai a spendere per dei vestiti nuovi, almeno non avrei più dovuto rubare la roba a mio padre.

Il solo problema era trovare una scusa che convincesse i miei, in primis mia madre. Optai per: - Ho trovato lavoro in uno studio legale, pagano bene – e mia madre stranamente ci credette; la facevo più intelligente.

Non ero bravo a nascondere le cose, ma vidi che con un po' di impegno si poteva tutto; o era quello, o forse a mia madre bastava solo una scusa per vedermi il meno possibile dentro casa.

Un giorno mi contattò anche Francesco, il tizio biondo che conosceva Anastasia e che si era preso il mio numero la sera che siamo usciti.

Diceva che voleva vedermi nel suo ufficio, venne fuori che era l'agente della mia migliore amica.

L'agenzia in cui lavorava Anastasia era una delle più importanti di Roma; nel loro curriculum potevano vantare lavori con Gucci, Chanel e Luis Vuitton. – Anastasia sta per fare il botto – Mi confidò Francesco mentre tirava fuori i soldi da un cassetto della sua scrivania di quercia.

- La sicurezza non ti ha dato problemi? –

- No, anche se moralmente sono stato molto scosso da certe modelle che ho visto… ma mangiano? –

- Avrai sicuramente visto quelle che si stanno preparando alla Fashion Week; non possono ingerire niente di solido, solo acqua e limone per tre giorni. Ma almeno te lo fanno venire duro – Cercai di sorridere alla sua battuta di cattivo gusto. Gli uomini erano davvero scesi così in basso da trovare piacevole una ragazza a cui gli si vedevano le costole per la fame?

-Basta che non mi farai diventare così anche Anastasia –

- Non te lo garantisco; ma non per me, per lei. In questo mondo devi seguire i consigli del tuo agente –

- E lei fa di testa sua –

- Esatto, ho dovuto quasi costringerla a farsi bionda; lo sai no? Gli uomini preferiscono le bionde, e anche i fotografi –
- Ho sempre preferito le rosse – Dissi mentre mi porgeva i soldi; incominciava ad andarmi sul cazzo.
- Comunque mi stai simpatico sai? Stasera perché non esci con me; ci saranno modelle che te lo faranno diventare subito duro, fidati; poi ci sarà anche Anastasia –
Se non fosse stato per lei avrei dato sicuramente buca, ma avevo voglia di vederla; il treno continuava a passarmi sopra, sempre più veloce.

Appena la vidi non mi pentii di essere uscito con Francesco; stava seduta al tavolo con altre tre modelle ed aspettavano solo noi, forse più lui.
La musica della discoteca non riusciva a coprire le incredibili cattiverie che Francesco diceva su quelle ragazze; riusciva a trovare anche il più misero dettaglio fuori posto in un corpo all'apparenza perfetto.
- Ma ti hanno lasciato uscire con quel vestito? -; - Mai pensato di nascondere quel neo? -; - Conosco il numero di un parrucchiere che sicuramente ti potrà sicuramente darti una mano – e altre cose simili che puntualmente facevano scattare l'animo insicuro di una modella, convincendola a lasciargli il suo numero.

Le ragazze si alzarono per andare in bagno, ed io rimasi solo con Francesco. Avrei preferito essere in un qualsiasi altro luogo.
- Pensavo di essere l'unico a conoscere questo trucchetto – Non gli domandai di cosa stesse parlando e mi limitai a buttare giù un sorso di birra.
- Le dici che sono brutte, cosi te la danno eh!? E dimmi con Anastasia sta funzionando? Lei è veramente un osso duro –
- Io non le dico mai che è brutta, che cazzo dici? –
- "Per fortuna Alberto non ti ha scelto per le tette, secondo me lo ha fatto impazzire il tuo naso alla Giorgio Chiellini" –
Forse aveva ragione, ma era il mio modo di fare; gli dicevo sempre che era la ragazza più bella del mondo. Le modelle tornarono, visibilmente fatte, anche Anastasia.
Francesco e le altre si alzarono per andare a ballare e rimasi solo con Anastasia.

- Adesso ti fai di cocaina –

- Per favore, non iniziare con questa storia. Ti ricordi quando l'hai provata tu? –

- Si perfettamente, non ho continuato solo perché tu ti eri incazzata: e ti ricordi cosa mi dissi? "Se fossi stata io a fare una cosa del genere tu avresti fatto lo stesso" Avevi ragione –

- Senti ho litigato con Alberto, non è il momento –

Mi alzai e me ne andai, schifato dalla ragazza che avevo di fronte.

Strano, quando abbiamo vent'anni rimpiangiamo la nostra infanzia. Quando ne abbiamo settanta pensiamo al futuro.

VII

Mi sembrava di essere tornato sedicenne: io che aspettavo l'autobus a tarda notte con il freddo che mi pizzicava sulle dita; in compagnia dei miei pensieri e di qualche rumeno ubriaco.

- Ti piace molto eh? – Disse una voce familiare: la modella mora di prima.

- Comunque sono Veronica, piacere – In discoteca non parlai molto con lei; questo perché quando ero con Anastasia le altre ragazze per me diventavano insignificanti, forse era questo il problema.

- Ti serve un passaggio? –

Finii nella sua macchina, una Opel corsa rossa che ancora puzzava di nuovo.

- Detto tra noi; lei lo sa benissimo. Ma non vuole perderti, sai dura più un'amicizia che un amore –

- Hai ragione, ma è meglio essere felici per un po' che vivere perennemente nella frustrazione di quello che potrebbe essere –

- Anastasia me lo ha detto che eri bravo con le parole; hai scritto un libro vero? –

- Si ma non feci molti soldi –

- E poi? –

- Non sapevo più cosa scrivere e lasciai perdere; poi Anastasia si trasferì a Roma –

- Tutto chiaro –

La macchina si fermò davanti ad un vecchio hotel a due stelle. – Io abito qui –

- Ma io no –

- Beh magari ti faccio tornare la voglia di scrivere –

Era chiaro doveva voleva andare a parare; non lo facevo dall'incidente con Sofia e non vedevo il motivo per non concedermi una notte di svago; anzi me la meritai dopo quella sera.

Attraversammo la hall, che sicuramente sarà stata bellissima ma in per tutto il tragitto dalla porta all'ascensore ebbi gli occhi sul culo Veronica; sicuramente una donna si può prendere il tuo cuore, ma il pisello e di tutte quelle che lo vogliono se la testa non fa niente per impedirglielo.

Per quanto fu bello, la parte migliore venne dopo; la parte migliore viene sempre dopo. Ci accendemmo una sigaretta e lasciammo che i flussi di coscienza delle nostre menti in stand by facessero il resto. E nonostante l'avessimo appena fatto, non riuscivo a togliergli gli occhi di dosso. Ero ammalato dal contrasto dei sui capelli neri sulla sua pelle bianca.

\- Non pensavo fossi così bravo – Disse girandosi su un fianco.

\- Ho fatto tanta esperienza – Dissi dietro un sorrisino orgoglioso.

\- Pensavo che eri talmente innamorato di Anastasia che l'avessi fatto si e no due volte –

\- Macché, prima di conoscerla andavo ogni sera con una ragazza diversa; non mi è mai piaciuta la monogamia, sempre se non ne valeva la pena –

\- Poi hai smesso dopo averla incontrata? –

\- Si, finché non si fidanzò con un Alberto; con lei volevo fare le cose per bene, non volevo trattarla come una troia come feci con quelle prima di lei, era speciale –

\- Fammi indovinare: hai aspettato troppo e lei si è messa con un altro; è sempre la solita storia –

\- Non è la solita storia –

\- Senti, io le ragazze le conosco; sono una di loro no? Non lo lascerà mai per te, anche se tra di loro le cose non vanno benissimo, siamo fatte così. Siamo così stupide da credere che un ragazzo cambi veramente per noi. Puoi avere di meglio fidati –

\- Dici? –

\- Certo – Disse salendomi sopra con un sorriso a trentadue denti, pronta per il secondo round.

Il sesso è importante, ma non è essenziale. Alla fine è solo una cosa da fare qquando non si sa più di che parlare.

VIII

La notte prima avevo gli occhi troppo occupati per notare la bellezza di altri tempi di quell'albergo. Ogni corridoio aveva un lungo tappeto rosso, la reception aveva il tavolo in marmo e le chiavi delle stanze avevano tutte una grossa sfera rossa come portachiavi. Pensai che non sarebbe stato male vivere lì per un po' di tempo; così quando la mattina seguente uscii dalla stanza di Veronica andai a parlare con John. Un italoamericano che rimpianse così tanto la terra di origine da voler aprire un hotel a Roma; così con i risparmi di una vita decise di comprare l'Aquila.

Il problema era che gli affari non andavano proprio come lui si era aspettato, mi confidò, così decise di affittare alcune camere finché il mercato non si fosse ripreso.

Così il giorno seguente mi presentai nella hall con una scatola contenenti quei pochi vestiti che avevo e la mia macchina da scrivere; regalata dai miei nonni per la mia comunione. Non che volessi scrivere, ma almeno mi dava l'idea della persona che avrei voluto essere, visto che la mia vita stava prendendo una forma inaspettata.

- Quindi saremmo vicini di casa? - Disse Veronica sul ciglio della sua porta, con un sorriso che quasi metteva in ombra nella sua lingerie.

"Forse non è proprio male questa vita" pensai; nonostante tutto vendendo droga solo nel primo mese alzi quasi duemila euro, senza contare che una modella voleva venire a letto con me. Ma cosa più importante: stavo dimenticando Anastasia. Forse non era la vita che volevo, ma era quella di cui avevo bisogno.

Quel periodo fu uno dei classici "Periodi Rei" ossia una delle tante maledizioni che affliggeva la nostra famiglia. Poiché ogni componente del nostro nucleo familiare viveva quel periodo dai tre giorni fino a due settimane in cui tutto andava per il verso giusto e potevamo affermare con orgoglio che eravamo baciati dalla fortuna, ma quando questo lasso di tempo terminava il karma ci faceva pagare con gli interessi quelle belle giornate.

Pochi giorni dopo essermi trasferito infatti mio padre mi chiamò: - Pronto? –

—   Ciao Vittorio; Sofia ha dato fuoco alla sua auto, nel nostro vialetto. Ergo: ha dato fuoco a casa —

Apprezza sempre le persone ironiche, quelle positive che sorridono sempre. Senza di loro non potremmo vivere.

IX

Mio padre era sempre stato un tipo molto ironico, che nonostante tutto aveva sempre il sorriso sulle labbra; sarà per questo che quando mi telefonò, pensai che al massimo Sofia aveva bruciato si e no un cespuglio. Invece si vedevano i segni delle bruciature su tutta la facciata di casa, che passò dal suo giallo sbiadito al nero carbone.

Sul vialetto era rimasta la carcassa della Clio di Sofia, e secondo i vigili del fuoco quest'ultima aveva inondato l'auto con una tanica di benzina e poi l'avrebbe fatta scorrere fino a casa.

- Quanto sarebbe di danni? – Chiesi appena entrammo nella mia stanza.

- Non puoi permettertelo – Disse divertito mio padre.

Lasciai sul cuscino un migliaio di euro, portati per l'occasione. Anche se rimasi senza una lira era una bella soddisfazione sbattere i soldi in faccia a qualcuno. Anche se esagerai, dopotutto mio padre non mi aveva mai fatto mancare niente, come mamma del resto; forse lo feci solo per dimostrargli che dopotutto ero capace a fare qualcosa, visto che in vent'anni l'unica frase che mi sentivo ripetere all'infinito era: "non sei capace a fare niente". Quel gesto era il mio "Vaffanculo" personale.

- Come sta la mamma? – Era strano non verderla per casa.

- Gli ho regalato un fine settimana alle terme; non gli ho ancora detto niente di questa situazione –

Era bello, ma allo stesso tempo strano e distorto l'amore che c'era tra i miei genitori, vedendolo da fuori. Dopo trent'anni era come se fosse ancora il primo giorno; non saprei proprio spiegare come mai. Tutti sanno che prima o poi l'amore finisce, e che la maggior parte dei comuni mortali si limita ad accontentarsi per non rimanere soli, mentendo a sé stessi creando l'illusione di vivere ina commedia romantica; illusione che andava a sparire ogni notte di più dopo aver fatto sesso con addosso il pezzo sopra del pigiama.

Questo perché la vita è brutta e cattiva e spesso ci mette davanti a bivi con entrambe le strade buie e tortuose, facendo sparire in un lampo le occasioni per essere felici. Forse i miei lo avevano capito.

Appena uscii di casa salii in macchina mandai un messaggio a Sofia: -

Ti aspetto al solito posto –
C'era un parco vicino a dove abitava Sofia; non era un gran che ma
noi due aveva qualcosa di speciale, in negativo. Poiché era il luogo
dove ci incontravamo durante le litigate per fare pace; una terra
neutra tra le nostre guerre psicologiche.
Quando arrivai lei era seduta su un'altalena, con un ghigno divertito
sulla faccia che esplose sul suo viso appena mi vide.
- Lo sai che sei pazza?! –
- Questo ti piaceva quando stavamo insieme, o non ti ricordi? –
- Posso dirti la verità? In quel periodo avrei detto qualsiasi cosa per
scoparti – Il suo sorrisetto scomparve appena terminai la frase; ero
contento, ma non ne andavo fiero. Non nego di avergli detto quelle
cose, ma ai tempi ero innamorato, e questo di solito ci faceva vedere
meno cose di un cieco. Non dico che non notiamo i difetti di una
persona, ma l'amore ci fa sopportare di tutto. E quando finisce che
non ce la
facciamo più; discolpandoci dicendo: "Sei cambiata", quando in realtà
l'unica cosa che è cambiata sono i sentimenti che avevamo per quella
persona.
Mi sedetti sull'altalena vicino alla sua; - Senti perché hai fatto una
cosa del genere? Non è un po' troppo anche per te? – Dissi
sorridendo, per farla mettere a suo agio.
- Ero incazzata con te, volevo sfogarmi –
- Una persona normale mi avrebbe rigato la macchina –
- Sai che non sono una persona normale –
Non ero arrabbiato con lei, difficilmente ero arrabbiato con lei.
Sapevo che era inutile incazzarsi sempre, l'unica cosa che ottiene e
allontanarti da una persona; a cui di solito tieni. Forse con io e Sofia
ancora non avevamo chiuso.
Dopo si mise a piangere, e come uno stupido la consolai. Ci
abbracciammo, stretti. Poi ci baciammo e andammo a casa sua.

Mentre mi rivestivo ai piedi del suo letto, lei continuava a fissarmi
con un sorriso compiaciuto sulla faccia. Capivo che tutto quello che
avevamo fatto quel pomeriggio di un enorme sbaglio. Quel capitolo
era chiuso,
dovevo andare avanti se volevo essere in un qualche modo felice. Ma
spesso non prendiamo la decisione che ci farà essere felici.
- Tu sei mio -

- Quindi sei la proprietaria di una barzelletta? -
- Mi hai dimostrato che si può scappare da quell'incidente, altrimenti perché ti saresti trasferito a Roma? -
- Hai ragione… - Continuare quella frase mi veniva difficile; io e Sofia dovevamo mettere le cose in chiaro una volta per tutte. Ma le strade che potevamo prendere non davano nessuna meta precisa. Avrei potuto dirle che tra noi era tutto finito, che avevamo sbagliato a fare sesso e che sarebbe stato meglio se non ci fossimo più visti. Forse quella era la strada migliore. Ma tutti si meritano una seconda possibilità, forse adesso che ci conoscevamo più a fondo potevamo gestire la nostra relazione al meglio. Tanto che avevo da perdere se non un'occasione per essere felici? E alla fine presi quella strada, forse saremmo tornati al punto di partenza; ma chi lo sa? Almeno quella strada cominciava con una notte di sesso.

La mattina seguente tornai a casa; la mia camera d'albergo che quel giorno aveva i colori più luminosi che accolsi con un sorriso a trentadue denti. Stessa cosa feci con John, che quella mattina persino il suo perenne broncio sembrava più orientato verso l'alto.
- Dove sei stato di bello? - Chiese Veronica sul ciglio della porta, questa volta però era vestita.
- A casa della mia ex -
- Che immagino adesso non sia più la tua ex -
- Esatto - Dissi sorridendo. Poi accettai il suo invito a bere qualcosa in camera sua.
Le raccontai tutta la storia: come ci eravamo conosciuti, le litigate, l'incidente e la macchina bruciata nel vialetto dei miei. Quando finii il suo unico commento fu: - Sei un coglione -
- Lo so -
- Lei è una psicopatica; tu Sarai anche innamorato di lei, ma ne dubito, ma Sofia mi sembra ossessionata da te -
- In che senso "Ne dubito"? -
- Vuoi sbattere in faccia la tua felicità ad Anastasia, anche tu sei un po' psicopatico eh… -
Mi venne da ridere; come ho già scritto pensavo alla mia vita come ad una camera d'hotel. E le ragazze che ci entravano dovevano rimanerci al massimo per una nottata di sesso, chi provava a rimanere di solito si spaventava per il panorama. Quindi per evitare di soffrire

le cacciavo; ma Anastasia fu l'eccezione alla regola, lei entrò nella mia vita e cercò di farsi (E farmi) piacere quella vista, solo perché mi voleva bene.

Invece Veronica era la cameriera che ogni giorno rifaceva la stanza, e ancora ignoravo il motivo.

Ci aggrappiamo al passato perchè abbiamo paura del futuro.

X

Tornare con Sofia si stava rivelando la scelta migliore che potessi fare; dopotutto avevo delle aspettative molte basse visto com'era andata la prima volta. Senza contare che i ritorni di fiamma non scaldano mai come la prima volta. Ma le cose andavano stranamente bene, decisi persino di dirgli del mio lavoro e la cosa non sembrava spaventarla; non pensava nemmeno che fosse strano vivere in una camera d'albergo; l'unica cosa che la infastidiva era Veronica che girava in mutande per l'hotel, ma era comprensibile. Ripensando a quello che aveva detto la modella della porta accanto, non sapevo se Sofia era veramente innamorata di me o se la sua fosse solo un'ossessione nei miei confronti; ma c'era poi tutta questa differenza? D'altronde sono tornato con lei nonostante avesse provato a dare fuoco alla casa dei miei.

Il telefono suonava in continuazione; o era la mia ragazza o era Francesco. Un giorno andai nel suo ufficio e mi chiese se potessi rimediargli più erba al giorno, mi avrebbe anche pagato il doppio per ogni dose in più che riuscivo a procurargli. Ma una delle regole di Luca era: - Non vendere più di una bustina al giorno allo stesso cliente -. Credo che in quel caso sarebbe stato più facile beccarlo, altrimenti non me lo spiego.

Dei soldi in più non facevano male, visto che volevo comprarmi un'auto nuova e smettere finalmente di muovermi con i mezzi-Quindi accettai l'offerta di Francesco ed escogitai un piano stupido ma allo stesso tempo infallibile per procurarmi le dosi extra: presi un paio di schede telefoniche e chiamai il numero di Luca con un accento che variava dal napoletano al milanese (A seconda delle telefonate) per camuffare la mia voce; lui ci credeva e mi rigirava il mio numero da lavoro. Ed ecco pronte le dosi per Francesco.

Ero abbastanza compiaciuto dall'ingegno che avevo avuto; l'unica nota storta era che ero costretto a vedere Anastasia mentre consegnavo la merce al suo agente. Non ci salutavamo e guardavamo da un'altra parte se per sbaglio i nostri sguardi si incrociavano. Ma non m'interessava. Non era più compito mio salvarla da sé stessa.

- Bravo stai facendo progressi – Disse Veronica appena uscì dal camerino, indossando un intimo nero di Victoria Secret.

- Eri ossessionato da lei, ti saresti distrutto a forza di continuare quella "Qualsiasi cosa sia"; secondo te mi sta bene? – Chiese indicandosi il corpo e guardandosi allo specchio.

- Certo – Forse non avrebbe dovuto portarsi me per quella prova prima della sfilata.

Viviamo in un epoca in cui tutti fanno lavori inutili, ma il vero problema è che vengono anche pagati.

Veronica doveva sfilare per Victoria Secret ad un evento organizzato a Milano; invitò sia me che Sofia. Disse che ci avrebbe fatto bene, pagò persino l'albergo ed il viaggio. Un cinque stelle e la business class.

- Deve proprio avere un sacco di soldi –

- Chissà perché vive in una camera d'albergo da duecento euro al mese – Pensai.

Non ero un tipo da sfilata, ma fu divertente. Belle ragazze, cibo e aperitivo gratis, sedere accanto a delle celebrità. Quando uscì Veronica il tifo di me e Francesco coprì persino la musica di sottofondo. Ancora non riuscivo a capire come lui fosse uno dei migliori agenti del settore.

Tutto filava liscio, finché non uscì anche Anastasia; nessuno mi aveva detto che ci sarebbe stata anche lei. Ma riuscii a sopportarlo benissimo, avevo Sofia accanto a me. Ad Anastasia le cose andavano bene; come mi raccontò Francesco stava diventando sempre più famosa, infatti quando sfilò aveva tutti gli occhi addosso. A me sembrava solo più magra, con il viso stanco.

Si fermò al centro della passerella ed il brusio della folla che giudicava l'intimo e la modella cessò di colpo, sembrava parte dello spettacolo. Ma poi Anastasia si mise a piangere, e corse in lacrime dietro le quinte.

Dopo un po', volendo sapere come stava. Con la scusa di andare al bagno lasciai Sofia da sola, visto che Francesco corse dietro la sua modella appena scese dalla passerella.

Riuscii a passare dietro le quinte spacciandomi per un operatore, poi mi diressi ai camerini. E lì tra ragazze che si rivestivano o sotto le mani dei truccatori vidi Anastasia piangere su un piccolo tavolino di vetro, consolata da Francesco e Veronica.

- Cos'è successo? –

- Si è lasciata con Alberto –

La cosa mi fece sorridere, ma cercai di trattenermi. Poi presi il viso di Anastasia tra le mie mani e le dissi: - Ana, prima o poi Alberto si pentirà di questa scelta; non esiste una ragazza più bella di te, più divertente di te: sei unica. E lo penso veramente, l'ho detto a tantissime ragazze solamente per portarle al letto. Ma quando lo dico a te, mi viene un subbuglio allo stomaco, tutte le volte. Con le altre non è mai successo, vorrà dir pur qualcosa, no? – Gli spuntò un sorriso, e le lacrime lo andarono a bagnare.

- Andiamo un attimo a fumare? – Mi bisbigliò all'orecchio, e il tempo di mettersi un accappatoio che ci ritrovammo fuori, solo io e lei.

- Sono una stupida – Borbottò ispirando.

- No, non direi. Sei solo un po' rincoglionita –

- Già... ci ho messo troppo a capire che era un coglione –

- In effetti, due anni sono un po' troppi –

- Chissà come ho fatto a sopportarlo... finché c'eri tu ci riuscivo. Mi tiravi sempre su di morale, perché ci siamo allontanati? –

- Ti potrei dire che è stata la vita, il destino e tutte queste cazzate qui; ma volevo perderti, non riuscivo più ad andare avanti: soffrivo troppo –

- Perché? Facevo qualcosa che non andava? –

- No, quando stavo con te era tutto perfetto; ma eri fidanzata con un altro e almeno per primi tempi eri felice. Ma io ho sempre voluto stare con te, mi piaci e, beh era difficile esserti amico in quel caso – Le dissi quelle cose senza pensarci su due volte, mi liberai finalmente di un peso lungo due anni. Il cuore mi batteva forte, tanto da sentirlo nella gola. Finché Anastasia non avrebbe parlato e detto una qualsiasi cosa, non si sarebbe fermato e avrebbe battuto sempre più forte.

- Da quant'è che sei innamorato di me? – Aveva un tono stranamente calmo, non so cosa gli girasse per la testa.

- Due anni, un po' prima che ti fidanzassi con Alberto. Ma tu eri presa da lui e non ho mai avuto il tempo, e il coraggio, di dirtelo –

- Allora perché mi sei stato accanto in quelle condizioni? -

- Non lo so; non volevo perderti, ti ho sempre detto che avevo bisogno di te –

Appoggiò la testa sulla mia spalla, poi disse: - Anch'io ho sempre bisogno di te -

L'amore, quello vero. Ti fa perdonare qualsiasi cosa. Oltre a farci smettere di rispettare noi stessi.

XII

Il giorno dopo tornai a Roma, mentre lei prese un aereo per Macao. Ormai gli avevo confessato i miei sentimenti; ma la sera prima, non potemmo approfondire ulteriormente il discorso. Perché fummo interrotti dall'arrivo di Veronica, Francesco e Sofia. Sofia, che cosa dovevo fare con lei? Ammetto che per me fu un ripiego, sia la prima volta che la seconda. Perché appena seppi che Anastasia era tornata single, volevo solo stare con lei. E non per consolarla; mi ero stufato di essere l'amico che si faceva in quattro per lei, per poi vederla sempre tra le braccia di un altro. Si era di nuovo aperta una porta, e questa volta sarei stato io a chiuderla.

- Tutto bene? – Chiese in volo Sofia. Non ero bravo a nascondere i miei sentimenti, si vedeva che ero tormentato e lei voleva starmi accanto.

- Non ti preoccupare, è solo il volo – Non potevo dirle veramente cosa stava succedendo nella mia testa; non potevo dirle che stavo decidendo il momento e le parole per lasciarla. Mi sentivo in colpa, non se lo meritava; si stava rivelando una ragazza fantastica una volta risolti tutti i problemi della nostra prima relazione.

Una volta a Fiumicino ci fermammo al terminal; lei andò fuori a cercare un taxi ed io aspettai nella sala d'attesa custodendo i bagagli. I suoi bagagli, visto che io mi portai solo una camicia più elegante per la sfilata, che riposi in una delle sue valigie.

Aspettando, i miei occhi caddero sullo schermo che indicava le partenze: c'era un volo per Macao che sarebbe partito fra poche ore. Mi sembrava un segno, come se Dio volesse dire: "Vai, avanti! Non ti darò un'altra occasione" Tanto valeva fare la fila in biglietteria e vedere il biglietto quanto costava.

- Mille euro – Disse con tono gentile la ragazza dietro il computer, con un sorriso tanto bello quanto falso.

- Lo prendo, nessun bagaglio – Dopo l'ultima frase la ragazza mi guardò un po' male; e dentro di me qualcosa scattò. Non so se stavo facendo la cosa giusta o meno, ma era una cosa che mi rendeva felice: il mio piano era di fare ad Anastasia una sorpresa romantica nell'hotel in cui alloggiava. Mandai un messaggio a Francesco dove gli dissi che stavo arrivando, e di dirmi in quale hotel stavano. Poi ne mandai un altro a Sofia: - Scusa -. Alla fine compressi tutto il mio discorso per lasciarla in una semplice parola

Ne feci di cazzate nella mia vita, ma quella era sicuramente la più grande; la più bella. Le stronzate fatte per una ragazza sono sempre di cui non ti rimpiangi mai nella vita, e che ti fanno sempre sorridere. Non vedevo l'ora di scendere e andare da lei, raccontarle tutto. Ero determinato e niente poteva impedirmi compiere il mio destino.

Innamorarsi non è poi cosi diverso da avere una malattia mentale.

XIII

Arrivai a Macao a notte fonda, una città luminosa; e soprattutto viva, persino alle tre di mattino… considerata la Las Vegas d'oriente. Presi un taxi e mi feci accompagnare al bed n breakfast più vicino all'albergo di Anastasia. Francesco mi mandò il loro indirizzo, e aggiunse: "Sei un matto, era meglio se te ne stavi a casa", era il solito coglione.

Non gli diedi retta e presi un letto al BnD, anche se alla fine si rivelò un ostello. Non so se l'autista capì male o se lo fece apposta, magari conosceva i proprietari.

Dividevo la stanza con altre tre persone; un inglese, circa di mezza età, con gli occhi di ghiaccio. Una ragazza molto, molto in carne con i capelli tinti di rosso scuro che dormiva in basso in un letto a castello; ed un ragazzo di colore, che non parlava mai.

- Tu sei? – Chiese l'inglese.

- Vittorio – Non riuscii a mascherare la mia diffidenza nei loro confronti.

- Ah un italiano; io sono Matthew, ma puoi chiamarmi Matt. La cicciona è Sofiah, stai attento, ha sempre voglia di cazzo. L'ultimo è Kevin, ma puoi anche chiamarlo negro, tanto è sordo – Kevin usò il linguaggio del corpo per dirmi: "Piacere di conoscerti".

- Che ci fate svegli alle quattro di mattina? – Chiesi dubbioso.

- Ah, sono le quattro? Certo che queste pasticche erano davvero forti Kevin – L'ultima frase la tradusse in modo che anche il nero potesse capirla, poi si fecero una risata; dove ero finito?

- Cosa ti porta in oriente? – Chiese sempre l'inglese, mentre si girava una canna.

- Per una ragazza, voi? – A quel punto Matthew tra un tiro e l'altro mi raccontò le loro storie. Lui era un ex pilota di aerei che perse il lavoro a causa dei suoi problemi di droga; in un volo di linea da Londra a New York, guidò sotto acidi. La storia finì persino sui telegiornali. Dopo quell'incidente la moglie lo lasciò e ottenne la custodia totale dei figli. Così prese i pochi risparmi rimasti dopo il divorzio e iniziò a giare il mondo. Sofiah, la ragazza "Robustella" che dormiva invece soffriva di un disturbo alimentare, ebbe un colpo di genio quando

decise di diventare una Food Blogger; perciò girava di città in città e di paese in paese assaggiando i piatti locali. Il muto invece, confessò a Matthew di aver smesso di parlare dopo che il padre abusò di lui a sei anni. Un giorno scappò con la madre e i suoi fratelli e andarono a vivere in un camper. Per mangiare lui e i suoi fratelli iniziarono a vendere droga. Si trovava a Macao per paura nascondersi. Visto che in America aveva problemi con dei tipi poco raccomandabili.
Ancora una volta: "Dove ero finito?".
- Ora sai le nostre storie, parlaci di te adesso, no? Chi è la ragazza per cui sei qui –
Ero abbastanza fatto, altrimenti sarei rimasto sul vago. Ma in quelle condizioni iniziai a raccontargli tutto, da Sofia ad Anastasia, passando per Veronica. Raccontando l'incidente con il carro attrezzi, l'incendio della macchina e la sfilata.
- Quindi tu vuoi farmi credere che mentre scopavi la macchina della tua ragazza si è incominciata a muovere e siete finiti contro un carro attrezzi? Poi ti ha lasciato, ma venendo a sapere che facevi sesso con una modella di Victoria Secret, ha dato fuoco alla casa dei tuoi? Poi dopo una cosa del genere siete persino
tornati insieme? Poi dovrei credere che sei stato un anno con lei solo per dimenticare un'altra ragazza. Di cui sei stato sempre innamorato ma lei aveva donato il suo cuore ad un altro… Non reggi l'erba eh? –
- Fai un po' come credi –
- Ma se sei sincero… - Disse facendo un tiro - … Hai proprio una vita interessante, e lei è una ragazza fortunata –
- O molto sfortunata – Mimò Kevin.
Dalla finestra stava spuntando il sole, si era fatta l'alba. Era inutile andare a dormire; aspettai un orario decente e poi andai all'hotel di Anastasia. Con il cuore che usciva dal petto.

Il lusso è inutile se non hai qualcuno con cui condividerlo.

XIV

Francesco, Veronica e Anastasia alloggiavano in uno degli hotel più costosi di tutta Macao; l'albergo era un vero e proprio monumento che andava a troneggiare col suo bianco perla nello skyline della città, sotto forma di grattacielo. Appena entrai nella hall rimasi colpito dalla quantità di petali rossi che erano stati sparsi sul pavimento, e che continuavano fin sopra la scalinata che portava al primo piano. Che a poco a poco scomparivano sotto le scope delle donne delle pulizie.
- Cos'è successo qui? – Domandai a Francesco, che mi stava aspettando seduto su un divanetto.
- Non hai letto il mio messaggio? Era meglio se non venivi, te l'ho detto –
Pensavo che mi stesse prendendo per culo, ma dopo quella frase la mia voce; che fino ad un attimo prima era sicura e piena di sé, diventò tremante e impaurita.
- Perché? –
- Alberto è tornato alla carica: quando Anastasia è tornata dalla sfilata gli ha fatto trovare tutti questi petali per terra, in più ha fatto mettere la loro canzone; e lui si è scusato, mi dispiace –
- Sono di sopra, vero? –
Francesco annuì. Mi sentivo un perfetto idiota; avevo lasciato la mia ragazza (Nel modo peggiore) per lei, avevo speso tutti quei soldi per andare da lei; ed ora mi ritrovavo con un pisello in mano.
Uscii dall'albergo a cinque stelle, e mi fumai una sigaretta.
- Te l'avevo detto no? Lei non ti merita – Disse con un tono che riusciva ad essere sia consolatorio che punitivo Veronica, ma non potevo darle torto. Avrei dovuto darle retta fin dall'inizio.
Mi strinse forte. – Ho bisogno di stare solo – Ero uno stronzo, lo dissi solamente perché sapevo che lei dopo avrebbe detto: - Si cosi dopo ti suicidi, aspetta chiamo un taxi –

Macao di giorno si trasformava; di notte era piena di luci, di musica, di festa: era viva. E quella vitalità di giorno mutava; la musica era suonata dai clacson dei motorini, che superavano il nostro taxi a destra e a sinistra, non curanti minimamente delle regole della strada. Scendemmo nella via principale, dove fuori dai negozi di lusso i

venditori ambulanti promuovevano a gran voce i loro prodotti: grilli
fritti, uova, tarantole e zampe di gallina. Veronica mi fece assaggiare
tutto; la cosa sorprendente e che mi piacque tutto.
Visitammo i templi buddisti, insomma facemmo i turisti. E in men
che non si dica si fece sera.
- Vogliamo andare in un locale? –
- Non amo le discoteche –
- Ma non è una discoteca; è anche un ristorante ed un bordello –
Feci la faccia come per dire: - Ho altra scelta? –
- Lo sai che è inutile discutere con me; andiamo in hotel, ci facciamo
una doccia e poi andiamo in discoteca –
Ammetto che il programma era intrigante, soprattutto la parte della
doccia. Come disse dopo Veronica: - L'unico modo per rimettere
insieme un cuore spezzato è fare un sacco di sesso – E Veronica
aveva una colla magica per questo, che mi mostrò più e più volte
nella sua camera d'albergo.
XV
Come da programma andammo nella discoteca/ristorante/bordello
di cui aveva parlato prima; un posto carino gestito da una simpatica
donna di mezza età chiamata Han. Han aveva arredato il suo locale in
modo tale da dargli l'atmosfera di una casa chiusa, con una pista da
ballo al centro e dei tavoli ai suoi lati. Ci sistemò su dei divanetti, un
po' in disparte rispetto agli altri suoi clienti.
- Ecco, qui le coppie si trovano sempre bene! – Disse la signora in un
inglese dal forte accento orientale.
- Grazie Han, ci puoi portare il solito per favore? –
- Certo! Almeno questo musone che ti sei portata dietro si tirerà un
po' su di morale, su con la vita! Sei con la ragazza più bella del
mondo! –
Feci un sorriso e sperai che se ne andasse; ci stavo provando in tutti i
modi a non pensare ad Anastasia, ma più la respingevo e più il suo
ricordo mi si attaccava addosso.
- Meglio? – Disse Veronica alzandosi la maglietta con un grosso
sorriso sulle labbra.
- Un pochino, almeno le hai più sode di queste puttane qua dentro –
Si sforzò di sorridere; era meglio che una ragazza fingesse un
orgasmo, piuttosto che una risata.
- Scusa, ci provo ad essere un commensale migliore; ma oggi non è
aria –

1

- Sono qui apposta – Disse indicandosi; era una fortuna averla al mio fianco, altrimenti avrei dovuto passare la sera con i tre coinquilini dell'albergo.

- Vittorio! Vittorio! Vittorio! – Mi sentii chiamare, riconobbi l'accento inglese e quindi feci finta di niente.

- Allora Vittorio, com'è andata questa mattina? – Matt notò Veronica

- …Ahhh quindi sei tu la famosa Anastasia! Ieri notte Vittorio ci ha fatto due palle così a me e a Kevin parlandoci di te, almeno ne è valsa la pena! Comunque non mentiva, sei una ragazza bellissima – Kevin ripetette quest'ultima frase con il linguaggio dei segni, e con un grosso sorriso sulla faccia.

- Matt lei è la mia vicina di casa – Dissi imbarazzato, mentre Veronica scoppiò a ridere.

- Ah quindi sei la ragazza che va a letto con lui? –

- Esatto, sono la ragazza che va a letto con lui; piacere Veronica – Gli disse porgendogli la mano.

I due si sedettero al tavolo con noi.

- Ma la cicciona? – Chiesi a Matt.

- Morta; ieri notte mentre dormiva –

Per qualche secondo calò il silenzio, avevo passato tutta la nottata in camera con un cadavere; faceva effetto…

Han tornò con due bicchieri di uno speciale cocktail del posto: vodka e sangue di serpente.

- Oh Matt, a te invece che porto? Michelle o Haichiki? – Disse la padrona del posto, quando vide l'inglese.

- Michelle; ha le tette più grosse – Disse come se stesse scegliendo un pezzo di carne. Non che fossi tanto meglio con le ragazze, ma almeno avevo modi un po' più da gentiluomo; era quello il segreto. Bevvi il cocktail con il sangue di serpente e Veronica con un sorriso malizioso sulle labbra: - È un afrodisiaco -

- Servirebbe anche a me – Disse Matt entrando nella conversazione. Per quanto mi ostinassi a cercare di evitare quell'argomento; alla fine venne fuori. E fece meno male pronunciato dalle labbra di Veronica tra un sorso e l'altro.

- Hai sprecato un'occasione eh? – Chiese divertito Matt; cercai di riderci sopra ma non mi sentivo molto ironico in quel momento. Per quanto mi sforzassi di non pensarci; di andare avanti e pensare al bicchiere mezzo pieno (Che poi sarebbe l'amplesso nella camera d'albergo con Veronica); Anastasia era sempre lì, e iniziavo a credere che tra Sofia e le altre sfortunate, lei non se ne fosse mai andata. Il chiodo fisso ficcato su per il mio didietro.

Han tornò con una tettona thailandese che intuii fosse Michelle; e quello era il momento giusto per andarsene.

- Vieni con me? Altrimenti potrei seriamente porre fine alla mia vita –

- Se me lo chiedi così –

Camminare aiutava a schiarirsi le idee, soprattutto se in bella compagnia. Le luci della città illuminavano sia me che Veronica come se fossimo stati gli eletti in mezzo a quella calca di perfetti sconosciuti. Il suo sorriso, le sue battute, e soprattutto le sue cazzate mi aiutarono a passare la notte.

Ci ritrovammo in un parco; da dietro gli alberi cominciava a sorgere il sole. Lei saltò su una panchina e si mise a cantare, e pretendeva che io facessi lo stesso.

- Non conosco la canzone –

- Zitto e sali! – Anche se non conoscevo le parole quella diventò la mia canzone preferita. E quando finì, non so come avevo il suo viso tra le mie mani. Il suo sguardo divertito lasciò il posto ad uno più imbarazzato. Chiusi gli occhi e ci baciammo. Oggi come allora ancora riesco a vederci da fuori. Come se quel ragazzo non ero io. Quella sensazione strana a cui non siamo abituati, fatta di felicità immensa e allo stato puro. Che ti prende di forza e ti stacca dal tuo corpo, per farti vivere quel momento come se fossi un altro, per poi ributtartici dentro; più contento che mai.

L'amore incomincia con un sorriso, e finisce con un pianto.

XVI

Avevo ridotto in pezzi la mia vita; l'avevo lasciata andare a puttane, prima l'università poi inseguendo Anastasia, passando per Sofia. Ma era incredibile come una ragazza potesse prendere tutti quei pezzi e farli diventare un mosaico di una nuova vita che sicuramente non ti aspettavi. Non dico che tutte ce la fanno, a ricomporre quelle parti; alcune ci provano ma lasciano il loro più incasinato d prima. Altre appena vedono quel bordello scappano immediatamente. Bisognava avere fortuna.

E la mia la stringevo forte per la mano, mentre tornavamo nella capitale; pronti a dire a John che presto una delle due stanze sarebbe stata libera. Anche se dovevamo ancora scegliere quale.

- La mia è più grossa – Tanto era inutile discutere con lei, poi mi sarebbe andato bene tutto.

Entrammo nell'hotel l'uno appiccato all'altra e ci dirigemmo dritti in camera da letto.

- Facciamo nella mia, almeno gli dico addio –

Aprii la porta, e seduta ai piedi del letto c'era Sofia che si versava del vino rosso in un bicchiere. – Ti stavo aspettando – Sul tavolino c'erano delle pasticche di tanti colori diversi.

- Ma quante ne hai prese?! –

- Non abbastanza – Si alzò e barcollando andò verso Veronica.

- Quindi sei tu la puttana eh? – Le disse cadendole addosso; Veronica rideva per non piangere.

- Quindi lei è la famosa Sofia immagino… -

Successe tutto così in fretta: l'ambulanza, il codice rosso, vederla in quel letto di ospedale. Ero riuscito a far soffrire così tanto una persona a spingerla di tentare il suicidio. In quella stanza, seduto ai piedi del suo letto; i miei pensieri erano scanditi dai "Beep beep" sempre più deboli della macchina che controllava il battito cardiaco. E pensavo: "Cazzo se sono un coglione; devo farmi curare; forse ho un problema serio". Ho sempre saputo che Sofia era una ragazza fragile, un po' matta e tutte quelle cazzate lì… Ma dentro di me c'era una vocina che mi rimproverava continuamente che avrei dovuto accorgermene. Dovevo capire che c'era qualcosa che non andava, che il suo amore era diventato un'ossessione. E poi mi chiedevo il perché, alla fine non ero niente di così speciale.

I "Beep beep" incessanti della macchina si smorsarono lasciando il posto ad acutissimo suono che spaccava in due le orecchie.

Entrarono le infermiere, mi fecero uscire dalla stanza. Poi il silenzio: le voci, i suoni dell'ospedale, Veronica… Non sentivo niente, come se avessi le orecchie tappate. Sofia era morta, ed era tutta colpa mia.

Io e Veronica ce ne andammo dall'ospedale, fuggendo; come due ladri. Questo perché non avevo il coraggio di aspettare i genitori, i parenti, gli amici… e dirle che era stata tutta colpa mia.

Mi feci lasciare a pochi kilometri dall'ospedale; solo per camminare un po'. Schiarirmi le idee. Ero un omicida, e volevo bere.

Trovai un bar e ci entrai dentro, e in pochi secondi mi mimetizzai al bancone tra le luci soffuse e la tristezza che emanava quel locale e i suoi clienti.

Una, due, tre birre. Poi il barman mi disse che era il caso di smettere; ed io, dall'alto del mio fare arrogante e sempre menefreghista dissi: - Vaffanculo -. Mi cacciarono fuori a calci.

Barcollando mi ritrovai in un parco e mi sdraiai su una panchina. Mi risvegliai il giorno dopo; tornai casa, Veronica non c'era. C'era solo una lettera sul comodino.

"Caro Vittorio

Sei un impulsivo, un coglione, uno stronzo e un buono a nulla. Ma solo adesso mi rendo conto che hai fatto tutto questo per amore. Ed eri talmente tanto innamorato che non vederci più; l'unico problema è che hai dato tutto il tuo amore ad una che non se lo meritava. Non fartene una colpa, ce ne fossero di ragazzi come te. Qui sorge un altro problema, purtroppo sono un po' impulsiva anch'io e ci siamo buttati in questa relazione come ripiego. E due persone dovrebbero stare insieme per altri motivi. Ho dato a John le chiavi della mia auto, visto che dove andò non mi serviranno, e tu devi ancora comprartene una… Non venirmi a cercare eh

Ti voglio bene, Veronica"

Presi un po' di tempo per riflettere, poi presi la sua auto e incominciai a guidare. Senza una meta, non fisica almeno. Veronica mi aveva dato la libertà, potevo fare tutto quello che volevo. Abbassai il piede sull'acceleratore e mi diressi verso l'orizzonte.

Ringraziamenti

Questo libro ho finito di scriverlo in uno dei periodi più brutti della mia vita. Non vedo la mia migliore amica da un sacco, la mia ragazza mi ha lasciato, e devo preparare l'esame di maturità. Detto questo ringrazio la mia famiglia, senza di loro non avrei avuto I mezzi fisici per scrivere questo libro. Ringrazio Valentina, pensavo di non pubblicare questo libro ma quando lei ha detto: "Devi pubblicarlo perchè è bellissimo" alla fine mi sono convinto. E non perchè mi avrebbe picchiato se non l'avessi fatto. E la ringrazio perchè mi sopporta e mi vuole bene nonostante tutto. Ringrazio Lorenzo che mi porta sempre in giro con la macchina quando non ho voglia di guidare. E ringrazio tutti quelli che mi sono dimenticato di nominare ma stò scrivendo alle tre di mattina e sinceramente ho sonno.

Printed in Great Britain
by Amazon